Wolf on Watch

The Poetry *of* Abbas Kiarostami

عباس کیارستمی

[伊朗] 阿巴斯·基阿鲁斯达米　著

黄灿然　译

一只狼在放哨

——阿巴斯诗集

中信出版集团 | 北京

雅众文化 出品

I

一只狼在放哨

黎明。
黑母马
生下的
白驹。

秋天第一道月光
射在窗上
震颤玻璃。

第一阵秋风袭来，
一大群叶子
逃进我房间里避难。

两片秋叶

把自己藏进

晾衣绳上

我的衣袖里。

雨天。

一把雨伞

被风摧折

在人行道上。

我从高山上

捡走了

三个麻雀蛋。

下山的路

好艰难。

影子跟踪我，

时而在前，

时而在旁，

时而在后。

多美妙啊

阴天！

今天，

像昨天，

一个错失的良机。

剩下的只有

诅咒人生。

你不在时
我和自己在一起。
我们谈话
如此容易在一切方面
达成共识。

你不在时
我和你
谈话，
你在时
我和自己。

从我的孤独
我寻求分享更大
份额的你。

你不在时，

白天和黑夜

是分秒不差二十四小时。

你在时，

有时少些

有时多些。

快递

给我送来

一封充满仇恨的信。

犹豫，

我站在十字路口。

我唯一知道的路

是回头路。

我失去

我得到的。

我得到我失去的。

一座断桥。

一个旅行者，脚步坚定

在路上。

灯笼光。

挑水者长长的影子

投在开满樱花的树枝上。

稻农

念叨着爱人的忠贞。

或者那是背痛？

我的衬衫

是一面自由的旗帜

在晾衣绳上，

轻松地摆脱

身体的束缚。

我赞美的

我不爱。

我爱的

我不赞美。

可惜
我不是落在我眼睑上的
第一片雪花的
好宿主。

下雨的日子
雨
没下够。

水
在被浪费的地方
灌溉
野草。

榅桲树
在一座废弃的屋子里
开满了花。

白菊花
望着
满月。

一匹受伤的马，
没有主人。

白驹，
红到膝部
在罂粟地里
蹦跳。

那棵老榆树
一点儿一点儿
消失到
暗夜里去了。

日出
在白驹尸体上
在老鹰金色的眼睛里。

一条河，流动。

一棵树， 被围起。

多么高，

多么壮观

那只鹰飞到空中

寻找一具小动物尸体。

无目标地，

静悄悄地，

一头狂怒的公牛

横渡

咆哮的河流。

减弱

阳光的暴烈的云

在哪里？

一只狼

在放哨。

仅仅三滴血，

三百只蚊子在炎夏

忙了一整夜的成果。

一只无害的蚊子

与我共度一夜

直到早晨

在我卧室的蚊帐里。

飞翔

是一只在自身周围

织了一堵丝绸墙的毛虫

所得的奖赏。

数千枚针的伤口

在丝绸布上。

一个满是锈斑的锁
守护着
一座无屋顶房子的
朽门。

我不羡慕
任何人
当我沉思
穿过杨林的
风。

三株杨树躯干上
三道刀伤。
三名外国士兵的纪念品。

龙卷风
卷走
牧羊人鸣叫的水壶
越过山峰。

火里的野芸香。
充满烟雾的空气。
泥屋里神秘的
焦虑。

春雨
把老牧羊人
好不容易点燃的火
灭了。

核桃的味道。

茉莉的芳香。

雨落在尘土上的味道。

一个女孩醒来，

头靠在硬枕上。

干草堆里

一个仿制手镯。

一个小女孩

穿过生菜地。

空气中

鲜核桃的味道。

浪尖上
一片木块。
来自哪艘船?
来自哪条河?
要去哪里?

春天风暴
瞬间吹灭
神殿里每一根
蜡烛。

在集体祈祷中
有一个人
与其他所有人
都不合拍。

落在最后的马拉松选手
回头望。

在一个浓雾的日子
在彼勒瓦尔村
一个昏昏欲睡的小孩
上学去。

浓雾的日子。
很难看清
卖防晒剂的
广告牌。

烟雾味。

野芸香味。

婴儿哭。

泥屋。

日夜操劳。

只剩够半天的

食物。

下雪的早晨。

我出去

没穿外套，

怀着小孩的热情。

年轻的新娘

泪汪汪

向那渔夫

告别。狂风

骤雨之夜。

天空撕裂

在破镜里。

多好啊

每个人都走自己的路。

一个外地人
向一个也是外地人的
初来乍到者
问路。

我偏离正路的结果
是给后来者留下
一条条泥路。

剪。
扔掉。
一朵难闻的
花。

那疲倦的村民
在稻草人的阴影里
睡着了。

酸橙树花盛开
在雨后
流动的河里。

我把雨伞忘在哪里了。
前面旅途漫长。
黑云密布。

日出。
五时十五分
三十秒。

我们多么习惯于
看不见
翻飞的群鸦中
那只鸽子。

在鸟的眼里
西边
是日落之处
东边
是日出之处。
除此无他。

看到
"请勿触摸"
我便手痒。

我睁着眼
把我的脸埋进
泉水里。
十枚小卵石。

天空
是我的。
大地
是我的。
我多富有。

我倾听

风的低语，

雷的吼哮，

波涛的音乐。

当我回到出生地

父亲的屋子

和母亲的声音

都消逝了。

一个挺着大肚子的孕妇

陪着

五个不同年龄的小孩

从下科克

去上科克

受教育。

当我回到出生地
河流已变成小溪
没有儿童
在水里游泳。

当我回到出生地
童年的游乐场
覆盖着
废金属和生石灰。

唉
当我回到出生地
没人跟我打招呼。

在我的出生地
童年的理发师
认不出我，
随随便便地
给我剃头。

在我的出生地
如今大家都很不耐烦。
排队时
向前扭来
拐去。

我徒劳地问候她。
她的反应表明
她
认不出我。

当我回到出生地
榅桲树
没结果
而白桑葚
被买卖。

我出生地那个
年轻面包师傅
如今老了，为他不认识的顾客
烤未发酵的面包。

我出生地那棵大西克莫槭树

在我眼里似乎变小了。

官员海达里

也似乎不那么可怕了。

我出生地那个卖酒的男人

有一间破敝的旧货商店

满是

空酒瓶。

当我回到出生地，

学童们

在工作和做买卖。

老师们

是贫困的顾客。

当我回到出生地
一棵棵桑树
正被相识的人
砍掉。

夏日正午。
新鲜出炉的面包的味道
从麦田那边飘过来。

一只千足虫
跟着她的伴侣
穿过橄榄树林。

我躺在

坚硬的地面上。

棉絮云。

我从马上摔下，

仰天跌倒。

脚痛。

背痛。

几千种治疗建议之痛。

天堂与地狱

靠得这么近。

又离得那么远。

终于

有一个夏天下午

在聆听稻草人了。

来自

泥屋的

白烟

在蓝天里。

我在这村子里

什么也没看见。

没有炊烟

从泥屋升起，

没有衣服

挂在晾衣绳上。

黄昏。
那只羔羊
观察
那匹狼。

新月。
旧酒。
近来的朋友。

信不信由你
我从得益中
受损
又从受损中
得益。

我不再同情
我的师傅。
我和追随者们
切断联系。
我轻松
上路。

很久了
自从上次月亮出现。
无穷尽的乌云。

信不信由你
有时候我怀念
被狠刮一巴掌。

月光照在

一个老妓女

化妆的脸上。

那条蛇

滑过它脱掉的壳

冷漠地。

蜂

蜇我脚上的伤口。

我得到的是蜂。

蜂得到的是伤口。

一个无头的玩偶

在一条从山上流下来

慢慢朝着大海而去的

河流里

漂浮。

井底里

一个寂寞的男人。

井口上

一个寂寞的男人。

他们之间一个水桶。

一首怀旧歌。

一片外国地。

一群干活的男人。

在数以百计的
贝壳中间，我寻找
我那枚贝壳似的纽扣。

我屋子的阁楼
充满我很享受的
无用的东西。

我不知道

是应该感谢

还是抱怨

那个无法教会我对事物

漠不关心的人。

我考虑是否解释某件

难以解释的事情。

听人解释

你已经知道的事情

是多么沉闷。

那种人多可笑，
知道了还问。

白天的气恼
在每夜的梦里
毫无立锥之地。

假装伟大的方法就在这里。
背靠泥墙。

我已忘记了
我的积怨和我的爱。
我已原谅了
我的敌人。
我选择
不交新朋友。

今天
我的信仰是
生命美如斯。

在那些
遮遮掩掩的人中间
我遮掩我的渴望。

今天，

如同每一天，

被我失去了。

一半用于想昨天，

一半用于想明天。

在科学课上

一朵无名小花

被分成

五部分，

各有名称。

在善与恶之上
是蓝蓝的
天空。

野花
还不知道
这条路
已荒废
多年。

黎明
野鸽飞。

在我生命中
偶然事件的影响
大于决定，
惩罚的影响
大于鼓励，
敌人的影响
大于朋友。

破晓。
小偷
觉得那个沉睡中的警察
怪可怜的。

无味的花

散发的香气。

青春的欢乐。

最终

剩下的

是我和我自己。

我自己冒犯我。

没人来调解。

在一条土路上

我看见一个盲人

没人带领

也没有拐杖。

生命
是对被践踏者的
不公正的抹黑。

井底一小片水
反映的
曙光。

我已
不受限制。
完全自由。
可这自由
要限制我多久?

等待一个朋友

来讲和，

透过窗口

我沉思

一片辽阔的风景。

我操劳。

没有快乐。

没有悲伤。

在我一生的词典里

爱的定义

总在改变。

午夜。
我日记里记录的
一部杰作。
日出。
彻底的垃圾。

要抵达天堂
你得穿过地狱。

每夜
我都死去。
黎明
我又再生。

太阳

和月亮照射

一个小池塘

和两只鸭。

孤独的严寒

终于有我的想象力的地狱

来串门了，

我顿时温暖起来。

我担心

希琳的哭泣

会因为

法尔哈德凿山的声音而听不见。[1]

---

1 典出乌兹别克斯坦中世纪著名诗人纳沃伊的诗《法尔哈德和希琳》，纳沃伊熟读波斯诗人作品，能同时用波斯语和乌兹别克语写诗。法尔哈德爱上希琳公主，被也垂涎公主的国王霍斯罗夫罚去做一项不可能的任务：在悬崖岩石上凿阶梯。

我鄙视

文字。

尖。

酸。

苦。

辣。

用手语

跟我说话吧。

在我听来

雪中饥饿的麻雀

声音跟春天里

一样。

在最黑暗的夜里
死胡同尽头泥墙上
盛开着一朵
茉莉花。

一片乌云
把雨下在
烤焦的山边那棵
孤独的柏树上。

风
掠过沙漠
和窄巷。
掠去死胡同尽头的
茉莉花。

雪中的
饿狼。
睡在羊栏里的
羊。
门口的
看家狗。

孤独。
与我自己达成
无条件协议的
结果。

II

随风

一匹白驹

从雾里闪现

又消失到

雾里。

雪中一个过路人的足迹。

他是出去做什么事情吗?

他还会从同一路线

回来吗?

一个墓园，

完全

覆盖在雪中。

雪只在三座埋葬着

三个少年的墓头上

融化。

雪

正快速融化。

脚印，

大的小的，

很快就会消失。

鼓声。

沿途两边的罂粟花

警惕起来。

他们会回来吗？

一百个服从的士兵

进入军营。

月光之夜。

不服从的梦。

一小撮雪。

漫长冬天的纪念品。

早春。

樱桃树林中
一个老修女
在忠告
年轻修女。

一日大的小鸡
亲历
最早的春雨。

蝴蝶
无目标地飞旋于
春天和煦的阳光中。

笔记书页

在春风中翻动。

一个孩子睡在

他自己的小手上。

一个老修女

独个儿吃早餐。

水壶的鸣叫。

野鸡冠

在井然排列的春天紫罗兰中

等待时机。

又跳又蹲。

蚱蜢

又蹲又跳

朝着只有它才知道的方向。

六个矮修女

走在

高高的西克莫槭树中间。

乌鸦的叫声。

在数百块

大大小小的石头中

只有一只乌龟

在移动。

蜘蛛

在日出前

已开始工作。

多幸运

那只老乌龟

没注意到小鸟灵巧的飞翔。

它抽芽。

它开花。

它凋谢。

它散落。

没人看见。

蜘蛛
停下工作
看了一会儿
日出。

工蜂们
在春日正午
工作放慢了。

那只老乌龟
怎么有可能
活了三百年
而不知道天空?

那颗彗星

穿过黑夜

进入宁静的池心。

水中燃烧的

金属之歌。

在一个沉睡的男人身边

一个女人，醒着。

没有充满爱意的抚摸的希望。

星期四晚上。

五个孕妇

在候诊室的寂静里。

一片西克莫槭树叶
轻轻飘下
落在
它自己的阴影上
在一个秋日的正午。

风声
在山谷里回响。
没有过路人，
狗都没有。

一滴雨
从一片黄杨树叶上
滚入泥水里。

一百棵大树

在风中

折断。

那株小幼树

只被吹走

两片叶子。

这一回

野雁

落在砍断的芦苇丛上。

一个孕妇

默默流泪

在一个睡着的男人的床上。

十次

风

撞开

那道旧门

再大声地

关上。

一个疲倦的男子

独自一人，

距他的目的地

只有两三英里。

月亮

在雨后不久

照射潮湿的黄杨树。

月光

照亮一棵被雪覆盖的

松树。

一朵无名小花

独自生长

在一座大山的裂缝里。

雷声隆隆

滚过村子

打断

狗的嗥叫。

在一条山路上

一个老村民。

远方传来一个少年的呼喊。

那座毁坏的桥

刮擦

水面。

浪费的月光。

谁都

无能为力

当天空这样专注于

下雨。

黑狗

对新来乍到者

狂叫。

无星之夜。

元旦。

春风

把稻草人头上的帽子吹走。

满月

小心翼翼

爬上火山峰顶。

钥匙

从稻田里一个女人脖子上

无声掉下。

水壶鸣响

从厨房火炉上传来。

六十六级长台阶

通往花园尽头。

一个矮修女的脚步声。

一头怀孕的母牛。

两个空奶桶

提在一个路上男人的手中。

一条面包

在五个饥饿的孩子

和一个挺着大肚子的孕妇之间分享。

工蜂们

停下来

围着蜂后

欢快地交谈。

那头宽大的母牛

走起路来

就像它背后那个提着

两个奶桶的村民。

一个挺着大肚子的孕妇

醒来

在五个沉睡的女儿和一个男人中间。

两个修女

冷冷地

穿过西克莫槭树间的

小路。

月光

射进窗玻璃

照在一个沉睡中的年轻修女

苍白的脸上。

秋天的阳光

照在泥墙上。

一只活泼的蜥蜴。

秋天的阳光

穿过窗玻璃

照在地毯花卉上。

一只蜂撞到玻璃。

秋天风暴。
松果
一个个
掉落。

夕照。
苍蝇围着那匹死驮马的头
嗡嗡叫。

这一回
蜘蛛
给桑树和樱桃树的枝丫
联网。

雨

落在枯树上。

远方乌鸦的歌声。

干旱。

正午

风

把一小朵云撕成两片。

一往西，一往东。

在一堆蚂蚁中

一只小蚂蚁举行感恩会

庆祝在鹅卵石上从可怕的马蹄下

逃生。

村子里的儿童毫不犹豫地

瞄准

稻草人的锡皮头。

早晨棉田里的

浓雾。

远方的雷声。

向日葵垂着头

在第五个阴天里

低语。

蜘蛛满意地
望着自己在桑树和樱桃树枝丫间的
劳动成果。

在神殿里
我有千头万绪。
我离开时
到处铺满雪。

蒲公英小花
经过漫长的旅行抵达池塘。
没有发生任何事情。

蜘蛛
小心翼翼地
从一个老修女的帽上
撤退。

修女的谈话
毫无进展。
终于
就寝时间到了。

那乌鸦
在白雪覆盖的草地里
困惑地望着自己。

那条流浪狗

在春雨中

洗澡。

那修女

抚摸

丝绸布。

它可以用于某种习惯吗?

那条狗埋伏在

小巷尽头

等待新乞丐。

那条睡觉的狗睁开一只眼睛
望了望那只讨厌的蚊子
又闭上。

那只鸽子
在飞越火山峰顶时
创作了第一首史诗。

向日葵
互相挤成一团。
大雨倾盆。

其中一个修女
说了什么。
别的修女
大笑。

两只蜻蜓、一雌一雄，
擦身而过
在橡树林中。

星期日下午。
两个离开教堂的妓女之间
咄咄逼人的争吵。

地震
甚至摧毁了蚂蚁
储藏的谷物。

那个小苹果
在一道小瀑布下
打转。

穿黑衣的哀悼者的沉默中
色彩缤纷的水果。

穿黑衣的哀悼者中
一个小孩
盯着柿子。

掘墓人
停下来
吃点儿
面包和芝士。

蜘蛛
两天的劳动成果
被一个老仆人的扫帚
毁了。

蜘蛛
开始
织网，
这一回
在丝绸窗帘上。

月光
穿过窗子。
婴儿的哭声。

学童们
把耳朵
贴在废弃的铁轨上。

稻草人，孤零零。

荒芜的田野。

初冬。

鸟儿

戏弄

稻草人的手和脸。

易如反掌。

那个学童

走在旧铁轨上，

笨拙地模仿

火车的声音。

元旦。

风

舞动

稻草人的旧外衣。

在警卫室的黯淡灯光下

一个孩子

在画画。

父亲

在睡觉。

那个发烧的孩子
目光穿过窗口
望着雪人。

一滴雨滚下玻璃。
一只沾满墨水的
小手
抹去窗上的凝结物。

风
不会把被它吹入空中的风筝
送回来。

数百颗鲜核桃

包围一个

小手黑兮兮的孩子。

一座

有一千三百年历史的神殿。

时间

七点还差七分。

那村民

回到他的土地

准备春耕

而没望稻草人一眼。

煤矿崩塌。

数百只蝴蝶飞逃。

雪的发白

刺痛

离开煤矿的工人。

修女们

未能就食堂的颜色

达成共识。

我的耳朵是否还会

再听到融雪时附近河流的

吼哮？

元旦。

蓝天。

喷气机画了一条线。

春雨

淹没

鸽子的窝巢。

鸽子正在前往享受春天的途中。

燕子
今年难道不会
回到它们的起点？

那条蛇
过街
也不望望左右。

火车号叫
然后停下。
铁轨上一只沉睡的蝴蝶。

鸟叫
陪伴那个哭泣的孩子
直到母亲回来。

麦穗
在春天强风中
交缠在一起。

雌豺嗥叫。
狗从远方
回应，
在月光照耀的夜里。

从樱桃树的木套里伸出，
幼芽
宣布它的到来。

春雨
倾泻到
未洗的碟盘上。
一个小女孩
用花裙子
抹干双手。

晨露
隐藏在苜蓿叶的褶皱里。

没有人知道

从小泉眼的中心里

喷出的小溪流

志在奔向大海。

春天黎明。

一个昏昏欲睡的男人的电话。

歌唱的夜莺

惊逃。

破瓶

盈满了

春天的雨水。

落在干草堆上的雨

把春天的气息

带给牛。

驮马

慢下来

当它穿过

苜蓿地。

夏天下午。

母牛哞叫，

惊醒

一个疲倦的男人。

风啸鸣着

穿过荒芜的山谷。

没有过路人。

狗都没有。

仲夏夜。

月牙儿

把精微的光

照在几百把倦怠的镰刀上。

一年的收获

一天里聚集

驮在一个疲惫的村民

那匹衰弱的动物背上。

连续多年

那把倦怠的镰刀

挂在

黑暗的储物室墙上。

垂柳。

高柏树。

悲伤的邻居。

秋天的夕阳。

饥饿的乌鸦

凝视月亮周围的庄稼。

风

把蒲公英

吹到松树顶。

一个被风摧毁的鸽巢。

雨下到海上。

一片干涸的田野。

冬天风暴。

新月

在天空的辽阔里

更快地移动。

来自东边的风暴。

飞往

西边的乌鸦

加速。

鲑鱼不知道

河流的终点

于是陪伴它

奔向咸水。

对于月亮，问题是：

下面那些人

跟一千年前那些

是一样的吗？

那座光辉的桥

遮掩了照在

金色河流上的月光。

但只是一瞬间。

那体弱的村民，

与一头受伤的动物步调一致，

背着一驮棉花。

稻农之歌。

快乐又悲伤，

但永远是

那个节拍。

在神殿里
我有千头万绪。
当我离开，
心无挂碍。

"我帮不了你"
是她说的。
"我不爱你"
是我希望她说的。

摇篮里的
婴儿
在十二平方米的房间里并不知道他自己的床
多长多宽多高。

她如今在哪里？
她在干什么呢？
我已忘记了她。

那蛀虫放弃
虫蛀的苹果
去找新的。

跟孙儿玩游戏的时候
输的
总是祖母。

孙儿

翻开

祖父一只眼睑

让他看那颗弹珠。

不是东。

不是西。

不是北。

不是南。

只是我此刻所在的地方。

俯瞰深谷

我高喊

并等待回声。

总是觉得要去见

一个从不出现

并且其名字我也

想不起来的人。

我回来，

脱下新衣服，

再次穿上

旧衣服。

在一百个过路人中

只有一个驻足

在我的牲口棚前。

原谅和忘记

我种种罪过。

但

不致于使我自己完全忘记它们。

III

风与叶

月亮
想在那团零散、沉思的云中
炫耀。

在月亮监视下
那条蛇
爬进蛇窝里。

离家时
只有
月亮和我。

冷风
与月光一起
穿过门上的裂缝。

满月
正在与河流
搏斗，河流
最终把它拖走
奔入大海。

在月光下
葡萄酒杯空了
心也荒了。

你多么远。

又多么近。

你，月亮。

今天早晨

雪里

只有一道

扫雪人的足迹。

初雪一来

全身

黑溜溜的乌鸦

欢天喜地。

没这么
艰苦的,
大雪下
棚屋区的
生活。

一个信使
揣着两封信
在雪中跋涉。
收件人不详。

没这么

美丽的，

大雪下的

棚屋区。

雪停了。

雨来了。

雨停了。

鸟唱歌。

在我汽车挡风玻璃刮水器下

一首诗《冬天》

冻结了。

冻结的地面上
没有任何过路人的
痕迹。

早春。
草莓树丛中的
杂草。

一株幼树
长高了，
伸向天空，
对斧头一无所知。

老树是怎么

看待

幼树的?

野花。

没人看它们。

没人闻它们。

没人剪它们。

没人卖它们。

没人买它们。

潟湖边

白花

和臭味。

人行横道上

躺着

某个人的纽扣。

在

更具风险的技能中间：

交朋友。

让我们倾听
两只水生贝壳类动物的谈话
如果有这样的谈话。

布满地雷的地面。
千百棵树
开满鲜花。

穿黑衣的人们
经过盛开的樱花
向一具遗体告别。

刚长大的野草

不认识

老树。

赞美春天

责难秋天

能得到什么？

一个离去，

一个抵达。

蜂

栖息在花上。

蝴蝶告辞。

鲜花盛开

至今已有一年。

又一次

鲜花盛开。

稻草人

倒在地面上

因为一群小鸟从头上飞过。

在屠宰场

有一天

一只蜜蜂

叮了

屠夫的手。

在渔夫的集市里

有黑面包和橄榄，

瓶装

和罐装金枪鱼。

橙树。

他们有何感受

当柑橘市场不景气？

今天

我卖掉果园。

果树知道吗？

对某些人来说

山顶是一个用来征服的地方。

对那座山来说

它是下雪的地方。

铁轨

埋在雪下。

一列火车在途中。

出于疏忽

两条平行线

相擦。

我躺在

一个光滑的表面上。

地球圆不圆有什么差别?

我仍然

不相信

转动的

是地球。

我向树

致以最大的

敬意。

它掉下一片叶子

也许是作为回应。

柏树和老松树
都一动不动。
只有垂柳
笼罩自己。

一阵柔风过后
大树开始
在池塘上
婆娑。

四棵
分属四种类型的树
组成同一种影子
庇荫四个疲倦的旅人。

树干

被运往锯木厂。

木材

将于星期二准备好。

一只小乌鸦

在一棵空心树里

筑巢。

伐木工人

在一堆木柴背后，

一团小火

和浓烟。

都一去不返，

无论是奔往大海的

河流

还是奔赴战场的

士兵

还是奔向外国的

朋友。

司令的制服

在衣柜里

被蛀虫吃掉了。

青年
上前线。
老人
在农场苦干。

吹号的士兵
吹得实在差。
尖刻的司令
在早上检阅时
破口大骂。

在大炮开火时

把手指塞进耳朵里的士兵

失去他的手指

和耳朵

和眼睛

在眨眼间。

一颗子弹。

一个脑袋。

一天。

一个老妇

在门边

缩成一团。

"再见。"

一个高个子青年

在小巷尽头转身。

溺水者

在生命最后一刻

向世界

献出泡沫。

农民

在河那边干活。

女人在这边稻田里。

他们之间，

孩子们长大。

"光荣"这个词

在泥屋里

一个穷学生的

笔记本上。

大方的牛
和牛贩子
对望。

一头老驴
驮着比平常
还重的货物。

那个老村民
抽打那头病骡的
屁股。

挥之不去的苍蝇
骑在那头从一个村子
到下一个村子的
老骡的伤口上。

信封上一张邮票
画着一个大笑的小孩。
那封信
来自一个愤怒的女人。

他可谓
尖酸
刻薄。
然而
他有一个又甜
又蜜的情人。

两个工人，互不认识，
在担架两端。
第一次相遇。

下水道口
一片片橙皮
自己打转儿。

庄严的大教堂前
一只乞丐碗。

散乱的石块下
甲壳虫们交配。
也许。

蒲公英小花
从窗口进来，
从门口出去。

圣殿的地址
写在一片废纸上，
攥在一个老妇手中。

煤矿工人
终于号召停止
罢工。

那个男人来了。
那个男人带着一把镰刀来了。
你们这些挤在一起的小麦，
是解散的时候了。

一个男人来了，
从外国，
疲倦，
背着一个充满希望的背包。

所有同情
都没了
当他掌权。

在词典里
社会主义
紧跟着
香肠。

学生班长
应该规矩点。

浪潮对岩石的冲击。

还要持续多久？

他不会读

或写

但说着

我从未读过

也没人写过的话。

我是一个来自卡拉甘的

普通教师。

我有

二十四个学生，

他们剃过头，

眼睛明亮，

衣领干净。

演木偶戏的人

在中午

被孩子们的喧闹声吵醒。

嘘……

爸爸在睡觉。

六个装出的微笑

在一瞬间

被一张

纪念照捕捉住。

旅行队出发，

队长

在睡觉。

互不认识的亲戚
准备一起旅行。

用旧袖子抹去
一滴泪。
他的成绩单，不太好，
攥在手里。

出生的壮丽日子。
死亡的痛苦日子。
之间的一些日子。

张开翅膀的鸟儿
没有合上翅膀的机会。
自由落体。

现在
在我们来不及反应时
变成过去。

一个发呆的女人
怀中
一个睡觉的小孩手中
一个无头的玩偶。

这出非同凡响的戏剧的高潮

最终

由临时演员们

决定。

透过我的窗口

我看见两座塔，

一模一样。

两条狗，

一白一黑。

一对夫妻，一样孤独。

海岸上翻转过来的渔船边

小鱼的骨架。

这个锅里

发生何等重大的革命

当鸡零狗碎的材料

都在这里找到归宿。

不同的材料

在烧开的水里。

终于完成统一。

"汤好了。"

厨师

当着我的面

切下它的头。

用一次性的杯子

喝葡萄酒。

风

朝着

它想去的方向

把鸟儿吹往

它不想去的方向。

一望无际的干旱。

一望无际的大雨

在怀着希望的人眼里。

受污染的水

朝着一片长满红百合花的田野

涌去。

随风

从西

到东

一片秋叶。

绿。

硬。

小。

春季的柿子。

其中一个聋哑人

终于

打破沉默

说话了。

一个盲人

手中

暗色盒子里

一件乐器。

今天
昨天的产物，
明天
今天的产物。
生生死。
而死
生生。

十级台阶。
一个楼梯口。
十级台阶。
一个楼梯口。
十级台阶。
一个楼梯口。
没人开门。

我来。

你不在。

我离开。

两盏黄灯

划破浓雾

不停地移动。

一个无名诗人

在一个被遗忘的角落

宣布

今年是诗歌年。

那年

农民

收获诗歌

而不是他们的庄稼。

四月

邻居们

把诗歌

晒在晾衣绳上。

推销员

都在卖诗歌。

一行诗

遗失在海滨。

没人寻找它。

风

从邻居的晾衣绳

偷走

一首诗的片段。

贫困的恋人

在暗夜里

远离观察家的注意

派发诗歌小册子。

铸币厂

打造

两行诗

和四行诗的硬币。

妓女

从身无分文的顾客手里

接受诗篇。

就快结婚的姑娘们

要求送她们诗集。

银行

在考虑

开诗歌分行。

出纳员

抽屉里

诗篇快用完了。

一个赤足少年

用一个对句

换

一把弹簧刀。

发放建筑许可证的

委员会

接受诗歌

而不是蓝图。

诗歌商人

在没有帆的船里

走私诗歌。

海员

把过剩的诗

倾倒进海里。

药房用诗歌作零钱

找给顾客。

一个通晓诗歌的

渔民

在月亮的倒影中

追逐一条鱼。

不显眼的杂货铺

门上贴出告示：

"不接受诗歌。"

老练的生意人

双臂交叉在胸前

唯恐

局势稳定。

政客们
与熟悉诗歌的同事
协商
寻找解决办法。

人口调查员
统计
共有十二万四千个
青年诗人。

在海洋深处，
两万里格下，
一块诗歌碎片
在海草中
扭曲。

墙那边有人。

墙这边也有。

两人

都不知道。

只有诗人知道。

八条或十条鱼，大小不一，

还有一页纸上一首诗的片段，

在渔夫的网里。

当我口袋里没有什么

我有诗歌。

当我冰箱里没有什么

我有诗歌。

当我心中没有什么

我就什么也没有。

在一个狭小的酒店房间

我写了一首

关于辽阔平原的诗。

黎明时分

我的诗褪色。

太阳一升起

我的诗便消失。

在我童年的旧鞋里

永远藏着

一两首未完成的诗。

我童年

扔到风里去的风筝

今天落在我的诗里。

一页纸上一个词。

那页纸

在爱好诗歌的渔民的钩子上。

他是一个政治家诗人。

或一个诗人政治家。

他的诗

中了

政治毒

而他的政治

完全没有诗。

他是诗歌专家和诗人

还是品酒家

和喝酒者。

他坐了几个月牢，

在牢里他没写过一行诗

也没喝过一滴酒。

他朗诵诗

向那些对酒和诗

一窍

不通的人。

在我两对白袜子里

都找到

一行纯诗。

如果我愿意

我童年的旧鞋子

就会出现在我脚前。

我作品中一个郁结。

愤怒。

朝沙漠里走去。

我固执地

走在通往危险的

道路上。

从出发地到目的地

有数百公里。

数百个人

跟我一点也没关系。

这条小路

没有尽头。

我头顶上

一朵小云，

枕头般的云。

鞋夹紧我的脚。

我对
紧急出口
毫无经验。

冒天下之大不韪
与智慧之墙保持距离。
多麻烦。
多困难。
多享受。

我穿过阴云密布的树林，
从一座靛蓝色的山到一片蓝色的海，
然而我
依旧悲伤。

多么愉快，

看到丑陋城市

和丑陋陌生面孔的乱哄哄

当我

从辽阔的平原归来。

我屋子

正在下雨。

厨房里，客厅里，

卧室里，

都在下雨。

而我，在门廊里，

望着窗外。

一夜之间

我屋里数百株酸橙树

都长高了。

厨房里覆盖着叶子。

卧室里充满

酸橙的味道。

今天，

在我后院

一只猫

吃了一只鸽。

一座
废弃的屋子里
几根湿火柴。

面向太阳的房间，
已有一段时间
没有阳光。

寂静统治
我的房间
直到我认识的
一个女人回来。

隔壁屋子

一分钟的寂静。

儿童玩耍的声音。

一张破凳子

在我后院

已有多年。

邻居的常春藤

在我家院子墙上

越长越繁茂。

总是一片喧闹
有时
是一份礼物
来自隔壁的屋子。

离家远了
尊敬也多了。

前院和后院
没有丝毫
动静。

我的屋子

在东北方。

我的工作

在西南方。

我在一天里

穿过

东西南北。

我屋子

有四间卧室。

其中一间卧室里，

靠边，

在一张双人床上

我独个儿

睡。

我是一座屋子里养家糊口的人
屋子里的居住者都已离开。
他们是机会主义者。
每个人都为自己。

隔壁
在庆祝。
庆祝什么
我不知道。

早晨。

当我离家，我年少。

黑夜。

我回来时老了

带着千年的忧伤。

我屋子四壁，

平静而忍耐，

庇护一个老人，他黎明起床

青春焕发。

一个断头

戴着眼镜，

无血，

在我书桌抽屉里。

在我屋子里

我是自己的客人。

一个不速之客

按响门铃。

按了按我的脉搏。

二十七。

把它乘以四。

一百零八。

今天一个，

明天一个，

半杯水送，

空腹。

这个餐前，

这个餐后。

食物，简单。

休息，绝对。

今天

我每天的日记的第二万四千页

翻过去。

我把视线
从镜子里移开。
虚弱，这个想法
挥之不去。

沟通，
自愿。
命运，孤独。

我以为自己发烧了。
我没有。
我以为我恋爱了。
我没有。
我以为我赢了。
我输了。

我想栽一枝花。
花
和我。
没有土。

我想栽一枝花。
土
和我。
没有花。

在不久的将来
有花
有土。
没有我。

过多恋人和美人。

少之又少

融为一体的

两人。

我嘴巴上有几千个回答。

没人提问。

我说

我准备回答任何问题。

有人问几点了。

对见面的

热望。

散发香味的空气。

一个朋友在途中。

我多么坐立不安。

当我有个约会。

所以

今天我坐立不安。

今晚客人抵达。
我知道
她会坐在哪里。
我知道
她会喝什么。
我知道
她会说什么。

我说了些什么。
一个陌生人听见。
他变成朋友。

我如此兴奋地讲述的

一个故事的命运

就这么定了

被一个不合时宜的哈欠。

说不出话。

心情沉重。

思绪纷纭。

甚至我的思想

也无法传到

我房间的四壁外。

我想象力的国度。

无止境。

荒芜。

现实抽干我们。

真理

不露面。

唯一肯定的

是

我是我。

我既不坏

也不好。

坏对我很陌生。

好也是。

我是我。

让我们不谈善恶。

你是我的善，

你是我的恶。

让我们不谈朋友和对头。

你是我的朋友，

你是我的对头。

让我们不谈

得和失。

你是我所得，

你是我所失。

什么都别说。

你是你。

我是我。

最终

谈话变成争论，

争论变成沉默，

沉默变成难受。

始于理解

终于误解。

我们俩，

你

和我，

都在火里燃烧

而别人都在看。

像我一样，

当年

你结了婚

如今我们都单身。

然而

我们擦身而过。

当她笑，
我笑。
当她哭，
我哭。
当她说
我听。
当我说，
她跑。

左边
或右边，
前面
或后面，
跟我在一起吧。
别夺去我你的在场。

整天
下雨。
整天
我睡觉。
整天
她流泪。

当你抵达
你已抵达。
当你在这里
你在这里。
当你离开,
你已离开。

朋友，

别跟我争辩。

跟我说话。

跟我听。

留在我身边。

如果你要求过我一次

我早就已经离开一千次了。

我要求你一千次。

你不离开。

我想走。

她说留下。

我留下。

她说离开。

我离开。

她来。

我回来。

她离开。

当她来

她来。

当她在那里

她在那里。

当她离开

她还在那里。

她困难地接受。
她痛苦地反应。
她温柔地离开。

什么也没教
什么也没学。
巧妙的摆脱。

朋友们
总是冒犯我。
至于敌人
我想不起什么。

去年

三个朋友死去，

三个对头诞生，

这都记在

我每天的日记里。

我回头看见

一把匕首

和一个微笑。

我们是一生的

朋友。

我们曾是

两三年的敌人。

随着一个不速之客的抵达

我孤独的宫殿

坍塌了。

这悲伤肯定

有结束的时候。

否则就是我结束。

对我每夜的沉默

白蚁们

都很嫉妒。

夜，

彻夜，

我让半张床

空着。

是我，夜里

跟一只老鼠在一起。

我睡在

地毯的这一边，

老鼠

在另一边蹦来跳去。

如果我想，

一朵云就会浮现

在我和太阳之间。

　

我喜欢玩

但不参与集体游戏。

而我又觉得单人游戏无聊。

教教我吧。

　

我腿这么长

而小地毯这么短

我怎样伸开双腿

才算合适？

在善与恶之间

我选择善。

它是一条

充满恶的道路。

我想想甜蜜

然后尝尝它。

我把腿

搁在小地毯外。

没发生什么事情。

我拒绝

死亡。

在七十岁生日派对上

死亡展示它的耐性。

我的朋友们

并不理解我。

理解别人

并不容易。

我去那个农场。

没有农事

没有农民，

只有一个无头的稻草人。

我开车两百公里。

然后，

坐在方向盘前

睡了二十分钟，

又开了二十公里。

没有悲伤。

没有快乐。

我只是

走呀走。

我的影子

在海滨的

沙滩上

越拉越长。

越来越微弱的

是浪涛的声音。

在暗夜里，

如同在《奥德赛》里，

我走上丝绸之路。

黎明时分

我躺在

凹地边。

我在黑暗中

奔向

相距只有一百里格的

白河。

风

以时速六百英里吹袭，

从西到东，

最后在荒山里

安定下来。

水携带我的护照

朝着我不打算旅行的方向

奔去。

如果我开车二十公里

地面就会变白

而悲伤

将脱离这颗心。

白天

越来越长。

黑夜

越来越短。

前面，

漫长、炎热的夏天。

夜准时抵达。

黎明准时出现。

公鸡准时啼叫。

沉沉睡去，

我时间安排不当。

春天刚来的时候

我离开家。

仲夏。

我睡在树下。

秋天。

一切都失去了。

真诚的朋友们，

个个独一无二，

散居各地。

我一半朋友

已经死了。

童年朋友。

一个半空的瓶子。

悲伤和快乐

弥漫。

我起来

又躺下。

我起来

又躺下。

直到黎明。

我整夜思考。

结果？

整天睡觉。

我睡觉时

草变绿了。

起床
太早了。
再睡
又不可能。

有很多跟我一样的
失眠者，每一个
都在
各自的孤独中。

当我睡觉
我已睡觉。
当我站着，
我已站着。
当我离开
我正在离开。

我从屋子里
逃到街道上
又从街道上
躲进屋子里。

青草生长的声音
惊醒我。

一千支箭在我手掌里。
一千句辱骂在我嘴上。
我没有射箭
也没有骂人。

我有一千个理由
做坏人。
唉！
没人理解。

今天我待在家里
房门不为任何人
而开。
但我心中的屋子
没有门。
他们来去
自如，
那些烦人的朋友
和讨厌的熟人。

有人大笑

在一群穿黑衣的哀悼者中间。

我望着。

一个风筝

刚好在我头顶上。

远方，

那条线的末端

在一个小孩手里。

狼嚎。

狗吠。

我冷。

夜里的煎熬。
诗歌救了我。

无论你或我
都做不了什么
去改善局面。
喝点酒吧，
至少可以。

我笑
而没有理由，
我爱
而没有分寸，
我活
而不在乎。
已有一段时间了。

门铃坏掉了。

那就敲门吧。

让我们超越

快乐和悲伤。

让我们超越

分歧与和解。

让我们超越

无意义又不愉快的言语

和空洞的爱情故事。

让我们往前走。

译后记

　　我早已完全不看电影，所以我并不知道阿巴斯。去年他逝世，看到朋友圈转发的纪念文章，我也没看，打开都没有。直到他逝世之后不久，有朋友想找阿巴斯一句译成中文的话的英文原文，怎么也找不到，于是求救于我。我很快就把那句话的原文找到了。在查找过程中，我读到阿巴斯几首俳句。印象颇深。如此而已。

　　再稍后，雅众文化的方雨辰女士来约译阿巴斯诗歌。我请她寄一份原英译的打印稿给我看看，评估一下质量。我收到打印稿后，当晚就一口气把阿巴斯三本诗集的英译读完了。那时，我刚完成了希尼诗选《开垦地》的翻译。希尼这本诗集规模之大、难度之高，令我感觉就像下地狱，所以读阿巴斯就像回到人间。这促使我一鼓作气翻译阿巴斯，并且完全停不下来，哪怕是在回香港家的地铁上，我虽然站着，但还是一手拿着打印稿，一手拿着手机，在手机上翻译。不到一星期就一口气译完了，而翻译时的状态，就仿佛上了天堂。本来，翻译希尼带来的耗尽，我大概得用两三星期的休养来恢复。但是通过翻译阿巴斯三本诗集，我在一星期内就完成了休养。

脱稿后，我让我的微信公众号"黄灿然小站"执编郑春娇帮我做了两次校对，最后我再亲自校对一遍，同时对原作中我不满意的，以及我自己译文中不满意的诗，做了删减，压缩成这本阿巴斯诗集。

作为诗人的电影大师阿巴斯，在20世纪里，让我想起作为诗人的德国戏剧大师布莱希特。布莱希特是个大诗人，但他生前几乎只以戏剧家闻名。如果不是因为我喜欢英国诗人奥登，进而从奥登那里知道他喜欢作为抒情诗人的布莱希特，我也不会去阅读并喜欢上布莱希特，进而同样通过英译把他的诗歌转译成中文，而且碰巧也是要在今年出版。

阿巴斯从小就受诗歌的熏陶。"我家里的小说，一本本都近于完好无损，因为我读了它们之后便把它们放在一边，但我书架上的诗集缝线都散了。我不断重读它们。"他能够背诵伊朗诗人迈赫迪·哈米迪·设拉子的大部分诗。后来在伦敦，有朋友介绍他认识病榻上的老诗人。他当着哈米迪·设拉子一首接一首背诵他的诗，让诗人感动得老泪纵横。伊朗本身就是一个诗歌国度，诚如阿巴斯所说："在那里我们装饰诗人的坟墓，在那里有些电视频道只播放诗歌朗诵。每当我祖母要抱怨或表达她对某样东西的爱，她就用诗歌。"

诗歌并非只是关于人生和世界的，它还能改变我们对人生和世界的看法。"在悄悄绝望的时刻，感到无可安慰，我便使自己脱离野心的激流，伸出去拿一本诗集，并立即意识到我们周遭耗之不尽的丰富性，感到能够沉浸在这样一个世界中的人生是有尊严的人生。于是我感到宽慰。"也因此，诗歌起到了重新定义人生的作用："一首诗，每次阅读都会因为你的心境和人生阶段的不同而显得不一样。它随着你成长和变化，也许甚至在你内心成长和变化。这就是为什么我童年读的诗，会在今天给我带来不同的体验。一首昨天觉得有教益的诗，明天可能就会觉得乏味。又或者，也许用对生命的新看法和新理解来读，我会兴奋于发现我以前忽略的东西。在任何特定情况下，在任何特定时期，我们都在以新的方式与诗歌发生关系。"

在他那本访谈录精选 Lessons with Kiarostami（中译名《樱桃的滋味：阿巴斯谈电影》）中，他有很多地方谈到诗歌和诗歌的重要性，以及诗歌对电影和其他艺术的重要性。"在伊朗，相对质朴的民众都怀有一种表达起来很有诗意的人生哲学。一旦拍起电影来，这就是一个宝藏，可以弥补我们在技术方面的不足"。他认为"诗歌是一切艺术的基础"，并说"真正的诗歌提升我们，使我们感到崇高。它推翻并帮助我们逃避习惯性的、熟视无睹的、机械性的例常程序，而这是通往发现和突破的第一步。它揭示一个在其他情况下被掩盖的、人眼看不见的世界。它超越现实，深入一个真实的王国，使我们可以飞上一千英尺的高处俯瞰世界。"

如果我们以为写诗只是他拍电影之余顺便玩玩的小消遣，

那不但会误解他的诗，还可能会误解他的电影，因为他与诗歌的关系还远远不止于读诗和写诗。他还一直在编选和改写古波斯诗歌，在 2006 年至 2011 年，他终于把这方面的成果公诸于世，相继出版了古波斯大诗人哈菲兹、萨迪、鲁米和现代诗人尼玛（1895-1960）的诗集，此外还有两本古今波斯诗人作品的"截句"。在晚年做出如此大手笔的举措，是因为阿巴斯太知道它们的价值了，不管是对他自己而言还是对读者而言。

在他的访谈录中，有一段话谈到诗与电影的关系：

我的心灵就像一个实验室或炼油厂，理念就如原油。仿佛有一个滤器，过滤四面八方各式各样的建议。一个意象浮现心头，最终变得如此纠缠不休，使我不得安宁，直到我做点儿什么来摆脱它，直到它以某种方式被纳入一个计划。正是在这里，诗歌向我证明它对我如此方便和有用。我头脑中一些意象是很简单的，例如有人用一次性杯子喝葡萄酒、一座废弃的屋子里的一盒湿火柴、摆在我后院的一张破凳子。另一些则更复杂，例如一匹白驹在雾中出现，又消失到雾里去；一座被白雪覆盖的墓园，而白雪只在三个墓碑上融化；一百名士兵在月光之夜走进他们的兵营；一只蚱蜢又跳又蹲；苍蝇围着一头骡打转，而那头骡正从一个村子走往另一个村子；一阵秋风把叶子吹进我的屋子；一个双手黑兮分的孩子坐着，被数百枚鲜核桃围绕。把这些意象拍成电影，要耗费多少时间？找到一个题材，把这些意象纳入一部电影，有多么困难？这就是为什么写诗如此值得。当我费心写一首诗，我想创造一个意象的愿望在仅仅四行诗中就得到满足。词语组合在一起，就变成意象。我的诗就像不需要花钱去拍的电影。仿佛我已找到一种每天制作有价值的东西的方法。在拍完一部电影与拍下一部电影之间，我往往有一两年空档，但这些日子很少有一个小时被浪费，因为我总是要做些有用的事情。

虽然阿巴斯的诗并不难懂，但是他在谈到诗的难懂时，却说得非常的合理和公正："我们理解一首音乐吗？我们理解一幅抽象画吗？我们都有自己对事物的理解，有我们自己的门槛，过了那个门槛，理解便模糊了，迷惑便发生了。"他还认为，诗歌是一种"心灵状态"，因此，"对来自某一文化的诗歌的理解，意味着对所有一切诗歌的理解。"诗歌无所不在，"只需睁开你的眼睛。"他表示，如果有什么事情引起他的兴趣，而他决定把它拍成电影，那么别人便也有可能觉得它是重要的。诗也是如此。"好诗总是诚实和敏感的。"这使我想起叶芝的一段话："如果我们理解自己的心灵，理解那些努力要通过我们的心灵来把自己表达出来的事物，我们就能够打动别人，不是因为我们理解别人或考虑别人，而是因为一切生命都是同根的。"

阿巴斯的诗，主要是描写大自然的。"正是我们这个世界的政治危机帮助我欣赏大自然之美，那是一个全然不同和健康得多的王国。"他谈诗时，主要是谈诗歌对他的影响，而难得谈自己的诗。这是少有的一段："传统诗歌根植于文字的节奏和音乐。我的诗更注重意象，更容易从一种语言转换到另一种语言而不失去其意义。它们是普遍性的。我看见诗歌。我不一定要读它。"

除了写大自然之外，阿巴斯还写爱情，写当地风土人情，写游子归家，写孤独，尤其是晚年的孤独。这些，都是阿巴斯的私人世界和内心世界，如果结合他的访谈来读，以及结合他的电影，就组成了一个里里外外、多姿多彩的阿巴斯的世界。而对我来说，阿巴斯永远是一个诗人。我不仅通过翻译他来理解这位诗人，而且还将通过继续翻译他编选和改写的古波斯诗歌，来进一步加深理解原本就对我青年时代产生过影响的古波斯诗歌。

古波斯诗歌，主要是以两行诗组建的，有些本身就是两行诗，例如鲁达基的两行诗；有些是四行诗，例如伽亚谟著名的"鲁拜体"；有些是以两行做对句，构成十二对以下的诗，例如哈菲兹的一些抒情诗；有些是以两行做对句，构成十二对以上的诗，例如鲁米的一些诗；有些是以两行诗做对句，构成长诗，例如菲尔多西和贾米的长诗。所以，阿巴斯以俳句或近似俳句的格式写诗，并非仅仅是采用或效仿一种外来形式，而是与本土传统紧密结合起来的。在我看来，阿巴斯的诗是独树一帜的。这是因为正儿八经的诗人，他们可能也会写点儿俳句，因为俳句已经像十四行诗一样，每个诗人都不能不写点儿。但是诗人写俳句，往往是增加或扩大自己的作诗形式而已。他们如果有什么好东西要写，也会竭尽全力，把它苦心经营成一首正规合格的现代诗。俳句往往成为一种次要形式，用于写次要作品。要么，他们依然用现代诗对好句子的要求来写俳句，造成用力过猛。因此，我们几乎看不到有哪位现代诗人是以写俳句闻名的。像特朗斯特罗姆晚年写俳句，恰恰证明他宝刀已老，再也无力经营庞大复杂的结构了，于是顺手推舟，把一个或两三个原本可以发展成一首严密现代诗的句子记下来，变成俳句。换句话说，写俳句应该是一生的事业，像日本俳句诗人那样，才会有真正成就。而阿巴斯碰巧成了这样一位诗人。你说他"拾到宝"也无不可。

译者，2017 年 5 月 14 日，洞背村

图书在版编目（CIP）数据

一只狼在放哨：阿巴斯诗集 /（伊朗）阿巴斯·基
阿鲁斯达米著；黄灿然译 . — 北京：中信出版社，
2017.6（2022.7 重印）
书名原文：In the Shadow of Trees
ISBN 978-7-5086-7589-3

I. ①一… II. ①阿… ②黄… III. ①诗集－伊朗－
现代 IV. ① I373.25

中国版本图书馆 CIP 数据核字（2017）第 108467 号

一只狼在放哨：阿巴斯诗集
著者： ［伊朗］阿巴斯·基阿鲁斯达米
译者： 黄灿然
出版发行：中信出版集团股份有限公司
（北京市朝阳区惠新东街甲 4 号富盛大厦 2 座 邮编 100029）
承印者： 山东临沂新华印刷物流集团有限责任公司

开本：889mm×1194mm 1/32 印张：7 字数：132 千字
版次：2017 年 7 月第 1 版 印次：2022 年 7 月第 7 次印刷
京权图字：01-2017-3053 书号：ISBN 978-7-5086-7589-3
定价：49.00 元